ELISE GRAVEL

JESSIE ELLIOT

À Marie H.,
ma meilleure amie

Titre original :
Jessie Elliot is a big chicken

Published by arrangement with Roaring Brook Press,
a division of Holtzbrinck Publishing Holdings Limited Partnership
175 Fifth Avenue, New York, N.Y. 10010, U.S.A.

FLEURUS

Illustration de couverture : Elise Gravel
Direction : Guillaume Pô
Direction éditoriale : Sarah Malherbe
Édition : Raphële Glaux, Océane Mardigras
Mise en pages : Armelle Riva
Directeur de fabrication : Thierry Dubus
Fabrication : Florence Bellot

57 rue Gaston Tessier, CS 50061, 75166 Paris cedex 19
www.fleuruseditions.com
ISBN : 978-2-2151-9753-9 – Code MDS : 652349N1

« Loi n° 49-956 du 16 juillet 1949 sur les publications destinées à la jeunesse, modifiée par la loi n° 2011-525 du 17 mai 2011. »

ELISE GRAVEL
NERD
EXTRAORDINAIRE
JESSIE
ELLIOT
FLEURUS

APPLAUDISSEZ !

CHAPITRE 1
MOI !

JESSIE ELLIOT
NERD EXTRAORDINAIRE ★★★
ÉTRANGE CRÉATURE NON IDENTIFIABLE RESSEMBLANT VAGUEMENT À UN CHIEN
EN RÉALITÉ, JE N'OSERAIS JAMAIS PORTER DES BOTTES DE COW-BOY.

Mon nom est Jessie Elliot.

C'est mon dernier été en tant

QU'ENFANT.

À la fin de l'été, j'entrerai au collège Maisonneuve.

346
NUANCES
DE
GRIS
NERDORIUM
SALLE DE L'HUMILIATION
JARDINIÈRES, OU PLUTÔT
CENDRIERS GÉANTS

Les jeunes du collège Maisonneuve se donnent tous des airs de je-m'en-foutistes. Ils traînent avec leur peau grasse et leurs yeux maquillés comme des ratons laveurs en se lançant des insultes. Ils fument des cigarettes, s'imaginant sans doute qu'ils ressemblent à des vedettes de hip-hop. Peut-être qu'il y a une réaction chimique dans le cerveau humain qui se déclenche quand on a 13 ans et qui nous rend instantanément bêtes...

TÊTES D'OEUFS (DURS)
TELLEMENT REBELLE
LITRES DE MASCARA
INES BOUDEUSES
N PERMANENCE
LITRES DE GEL COIFFANT
BONNET EN ÉTÉ

Bêtes comme...

Avant, elle traînait avec nous, mais maintenant qu'elle est au collège, elle se croit tellement cool avec ses tee-shirts au-dessus du nombril et sa coupe de cheveux pseudo-punk !

Maintenant elle traîne avec une bande de gens bizarres et elle se moque de moi quand on se croise.

Dépêche-toi, tu vas être en retard à la BIBLIOTHÈQUE !

FONCTIONNEMENT
DU
CERVEAU ADO
NE PAS
ÊTRE COOL
=
ÊTRE MORT

Voici pourquoi je ne serai jamais

SUPERCOOL

au collège :

10 RAISONS

1- Je lis trop.

2- J'ai encore ma collection de Mon Petit Poney.

3- Mes parents ne veulent pas m'acheter des bottes de cow-boy rouges.

4- C'est encore ma mère qui me coupe les cheveux.

5- J'aime jouer au Scrabble.

6- J'ai une trousse avec une licorne dessus.

7- Je ne fume pas.

8- J'ai des oreilles d'éléphant.

9- Je dois aller au lit à 21h30.

10- J'ai peur de tout.

Au moins mes meilleurs amis iront eux aussi au collège Maisonneuve.

JULIE

a toujours été ma meilleure amie, elle est comme ma sœur. Elle est trop marrante. C'est la meilleure pour faire des imitations et elle est capable de siffler avec l'espace qu'elle a entre ses dents de devant.

TOUT LE MONDE L'AIME.

Ça, c'est elle en
train de faire le

MOONWALK.

Julie et moi, on est des psycho-jumelles.
Ensemble, on organise des

TOURNOIS

D'INSULTES

LA

GAGNANTE

EST CELLE QUI INVENTE L'INSULTE LA PLUS *drôle*.

Nous avons un

club secret

avec des règles spéciales : on doit aimer
et détester les mêmes choses.

CHOSES QU'ON DÉTESTE

- La balle aux prisonniers.
- Les personnes qui croquent des carottes dans une pièce silencieuse.
- Les profs qui ont mauvaise haleine.
- Être des humains au lieu d'être des coyotes.
- Isabelle Lemoine.
- Les fractions.
- Les pulls à col roulé.
- Les gens qui disent tout le temps « tsé genre ».
- La sorcière (voir détails plus loin).

CHOSES QU'ON AIME

- Gratter nos boutons.
- Être exagérément DRAMATIQUES !!!
- Se peindre des yeux ultraréalistes sur le front.
- Chanter très fort en public.
- Se tatouer entièrement les bras au stylo-bille.
- Être obsédées par des trucs complètement inutiles.
- Faire des figures de breakdance ridicules.

BEATLES

On aime aussi les animaux bizarres, comme le chien de Julie, Normal. Elle l'a récupéré à la SPA et il ne peut pas japper parce que ses cordes vocales ont été retirées, alors on dirait qu'il jappe en chuchotant, ce qui est vraiment pathétique.

En plus de japper silencieusement, son plus grand talent est d'être capable de parcourir de longues distances en se traînant le derrière par terre pour se gratter. Il finirait sûrement premier s'il existait un

MARATHON INTERNATIONAL DE GRATTAGE DE FESSES PAR TERRE !

Quand on sera grandes, si on ne devient pas des coyotes ou des vampires, on ouvrira une clinique psychiatrique pour animaux et on rira tout le temps.

Julie et moi, on est en train de créer une bande dessinée. C'est moi qui fais les dessins et notre héros s'appelle

SUPER-CORNICHON

Super-Cornichon combat les profs maléfiques, notre ennemie jurée Isabelle Lemoine, la Sorcière (détails à venir) et toutes sortes d'autres créatures énervantes.

D'autres copains de mon école vont aussi aller au collège Maisonneuve :

TANYA

La soeur jumelle de Mike, championne mondiale d'« action ou vérité ».

Mike dit que si tu n'es pas un super dur à cuire au collège, les autres vont profiter de toi. Il raconte qu'un de ses cousins a été forcé à prendre de la drogue par des punks avec des couteaux et qu'il a fait une overdose. Maintenant, c'est un légume avec de la bave qui coule de sa bouche et il fait la manche dans la rue Sainte-Catherine.

Mike a toujours plein de cousins à qui il est arrivé des choses graves ou horribles.

QUELQUES COUSINS DE MIKE

MATT

s'est noyé dans son verre de soda.

CHARLES

a eu un ongle incarné qui a explosé.

LUC

a avalé une mouche vivante, puis l'a vomie (encore vivante !).

FRED

est né avec quatre mamelons supplémentaires.

Et il y a Ben, l'homme de ma vie
(mais il ne le sait pas encore).
On est amis depuis qu'on a 4 ans.

Ben est le seul garçon que je connais
qui est cool sans essayer de l'être.
Ceci dit, il ne parle pas beaucoup.
Il fait du sport, il a vraiment
de bonnes notes et il raconte
des blagues trop drôles, mais essayer
d'avoir une conversation avec lui,
c'est comme essayer de jouer
au ping-pong avec un champignon.

BEN

Un jour, on est revenus de l'école ensemble et la seule phrase qu'il m'a dite c'est : « Veux-tu un chewing-gum ? »

Des fois, je pense que son silence le rend très mystérieux et profond, mais d'autres fois, pas souvent, je me demande si ce n'est pas qu'il n'a tout simplement rien d'intéressant à dire.

QUESTION :

ET S'IL ÉTAIT JUSTE UN PETIT PEU NOUILLE ?

Donc, j'ai peur du collège.
Je ne serai jamais assez
forte pour affronter une
bande de punks drogués.

Je ne suis même pas
assez courageuse pour
aller au Trou toute seule.

CHAPITRE DEUX
LE TROU
BIÈRE
BIÈRE
BIÈRE
BIÈRE
BIER
BIÈ

LE TROU

Le Trou est un terrain vague au bout de notre rue. Il y a un stationnement où on peut jouer au foot et une vieille camionnette dans laquelle on peut s'asseoir, si tu n'as pas peur des insectes et des araignées. Il y a aussi un gros buisson, une toute petite mare avec des poissons et assez d'arbres pour jouer à cache-cache. C'est comme être à la campagne, mais en plein milieu de la ville.

Le Trou, c'est drôle le jour, mais c'est super effrayant le soir. Il y a même un endroit pour faire des feux de camp, dissimulé derrière les buissons. Des bouteilles de bière traînent partout autour, et parfois on trouve des sous-vêtements sales et des sacs de couchage.

Il y a aussi des animaux au Trou. Une fois, on a vu un lièvre, des ratons laveurs et même une moufette. Ils viennent de l'autre côté du chemin de fer, traversent le Trou et se cachent sous les balcons ou dans les cabanons. Ce que j'aimerais vraiment voir, c'est un coyote. J'aime les coyotes parce qu'ils sont aussi intelligents que les chiens, mais indépendants comme les chats. Je suis sûre que dans une autre vie, j'ai été un coyote.

D'autres animaux que j'ai vus au Trou :

DES ADOS.

Il y a juste les ados qui sont assez courageux (ou assez fous) pour aller au Trou après la tombée de la nuit. Ils se tiennent près de la vieille camionnette et ils fument, boivent de la bière et rotent. Des fois, il y a une fille ou deux avec eux. On aime bien les espionner de la cour arrière de Mike. Moi, ils me donnent la

CHAIR DE POULE.

Une fois, j'ai vu Isabelle Lemoine avec eux.

DANS UNE VIE ANTÉRIEURE,
J'AI ÉTÉ UN COYOTE.

Autres choses que j'ai probablement déjà été dans une vie antérieure :

UN YÉTI

UNE BONNE SOEUR FOLLE

UNE CREVETTE

Dans la maison à côté du Trou, il y avait une dame qu'on appelait « La Sorcière ». Elle était méchante et elle ne souriait jamais. Elle détestait quand on jouait sur le parking parce qu'elle disait qu'on faisait trop de bruit.

Quand elle nous voyait, elle venait tout le temps nous crier après. Parfois, elle appelait même la police. Elle agissait comme si on était de dangereux tueurs en série ou je ne sais trop qui. Même les policiers trouvaient qu'elle était embêtante et qu'elle leur faisait perdre leur temps. Ils se moquaient d'elle.

La Sorcière pensait qu'elle était la seule à avoir le droit d'aller au Trou. Elle avait deux petits chiens très laids et elle les dressait sur le parking. Elle ne nous laissait jamais les caresser parce qu'elle disait que ça allait les distraire.

FROU-FROU

AUTRE NOM RIDICULE

Un jour, elle a surpris Ben en train de jouer au hockey sur le parking et elle lui a confisqué sa crosse.

On la détestait tous, alors on a formé le Club Anti-Sorcière. Ben était le capitaine (grâce à son statut de martyr obtenu après l'incident de la crosse de hockey). Tous les enfants du quartier étaient les bienvenus dans le club. Ben n'aurait jamais rejeté personne.

LE
CLUB ANTI-SORCIÈRE
MÊME LES CHATS.

Évidemment, la Sorcière et Ben sont des personnages très importants dans notre BD Super-Cornichon.

SUPER-CORNICHON
Allons embêter un enfant !
Vite, Super-Cornichon, entre dans le bocal, on va faire une surprise à la Sorcière.
HÉ HÉ !
Oh ! Un de mes fans m'a apporté un pot de délicieux cornichons maison !
CROUNCH
SLURP
BRL BRLL BRLL
BOUM !
SALUT !

D'autres fois, on a été beaucoup plus méchants. Un jour, Mike a rempli une boîte de pizza avec des crottes de chien. Il l'a laissée devant la porte de la Sorcière, a sonné et s'est sauvé. On se trouvait très drôles.

Au printemps dernier, la Sorcière avait laissé ses bottes de pluie dehors, à côté de son garage et j'ai fait pipi dedans ! Après ça, pendant des semaines, j'ai été la fille la plus populaire de la rue.

Maintenant, quand j'y repense, j'ai honte. Parfois, je fais des choses stupides comme ça, juste pour impressionner les autres.

Il y a deux semaines, on était en train de jouer au foot au Trou quand une ambulance est arrivée. On a regardé du trottoir. Les ambulanciers ont emmené la Sorcière sur une civière. Son visage était tout gris et elle ne nous a pas regardés.

Le lendemain, la soeur de la Sorcière est venue chercher les chiens. Elle a parlé à la mère de Mike :

LISETTE EST DÉCÉDÉE.

Depuis ce jour-là, j'ai du mal à m'endormir. Je n'arrête pas de penser aux fantômes. À de vrais fantômes.

Je n'arrête pas de penser que la Sorcière va revenir et me punir pour tous les mauvais coups que je lui ai faits, surtout celui du pipi dans la botte. J'aimerais ne jamais avoir fait ça.

Dans mes rêves, la Sorcière revient et me dit :

MERCI D'AVOIR GÂCHÉ MA VIE !

Plus personne ne va jouer au Trou. Même les ados boutonneux aux coupes gothiques vont traîner au centre commercial maintenant.

Tanya dit qu'un jour, elle va prendre un sac de couchage et aller dormir au Trou, juste à côté du feu de camp parce qu'elle veut rencontrer le fantôme de la Sorcière.

Parfois, j'aimerais être plus comme Tanya. Tout semble un jeu pour elle.

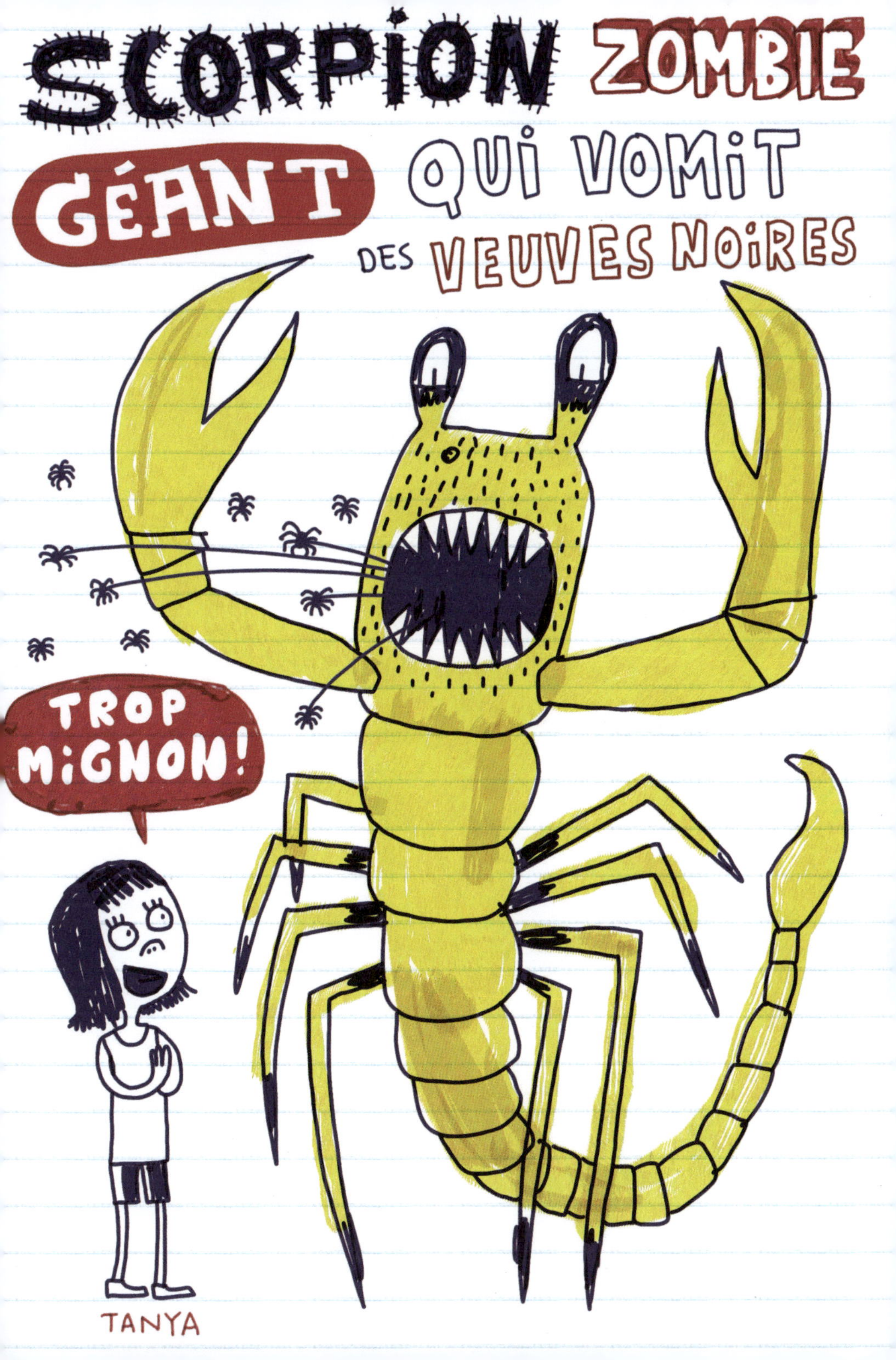
SCORPION ZOMBIE
GÉANT QUI VOMIT
DES VEUVES NOIRES
TROP MIGNON !
TANYA

Mais je ne suis pas du tout comme Tanya. En fait, j'ai autant de ressemblance avec Tanya qu'un caniche avec un husky.

CHAPITRE TROIS
LA REINE
DES
PEUREUSES

Voici une liste (très) partielle de choses qui pourraient me faire faire pipi dans ma

CULOTTE :

LES MAUVAISES NOTES
LE CANCER
ME PERDRE DANS LE MÉTRO
TOMBER LA TÊTE LA PREMIÈRE DEVANT TOUT LE MONDE
QUE LES GENS APPRENNENT QUE JE PORTE PARFOIS MES VIEILLES CULOTTES DE CHARLOTTE AUX FRAISES
LES POUPÉES QUI PARLENT
ÊTRE REJETÉE
LES CLOWNS

Être peureuse, c'est déjà vraiment douloureux, mais récemment, ça m'a presque fait perdre ma meilleure amie.

Tous les étés, Julie m'invite à son chalet dans le Nord. J'ADORE son chalet.

Il y a un lac et l'eau près de la grosse roche est très profonde, presque 60 mètres de profondeur. L'eau est tellement froide en juin qu'on est tout engourdies et étourdies quand on sort du lac.

BÊTES ASSOIFFÉES DE SANG!
CASSE-CROÛTE RÉTRO
LE CHALET
LAC
CANOË!
GROSSE ROCHE
ANIMAUX COOL
SALUT!

J'ADORE

le chalet même quand il pleut parce qu'il y a

TELLEMENT DE TRUCS COOL À LiRE !

Il y a une grande bibliothèque avec des vieux *National Geographic*, des livres bizarres et PLEIN de bandes dessinées.

ÉCHANTILLON DE LA
BIBLIOTHÈQUE
TOI, QUI TE PRÉPARES AU MARIAGE
KIDNAPPÉE PAR UN PRIMATE
HARLEQUIN
YOGA POUR LES YEUX
SHE-RA

VOICI
LE LIVRE QUE JE
PRÉFÈRE :
READER'S DIGEST
LES MYSTÈRES DE L'INEXPLIQUÉ
LES MYSTÈRES DE L'INEXPLIQUÉ
ROIS ET REINES FOUS

On garde ce livre dans un grand placard qui est en haut, sur la mezzanine. On aime s'y asseoir et le lire pour se faire peur à mort.

CENTAINES
D'HISTOIRES VRAIES
SUPER-BIZARRES

FANTÔMES

MEURTRES
NON RÉSOLUS

FAIT VÉCU INEXPLIQUÉ n° 1

C'est l'histoire d'un garçon et de sa grand-mère qui voyaient des visages apparaître sur le plancher de leur cuisine. Les visages avaient l'air triste. Ils ont essayé de les laver, mais les visages ne faisaient que grossir et devenaient encore plus tristes. Le propriétaire a remplacé le plancher par un sol de ciment, mais les visages sont réapparus ; alors la pièce a été condamnée. Des experts des phénomènes paranormaux ont caché des micros dans la pièce et ont enregistré des voix gémissant dans une langue inconnue. Personne n'a jamais réussi à percer ce mystère...

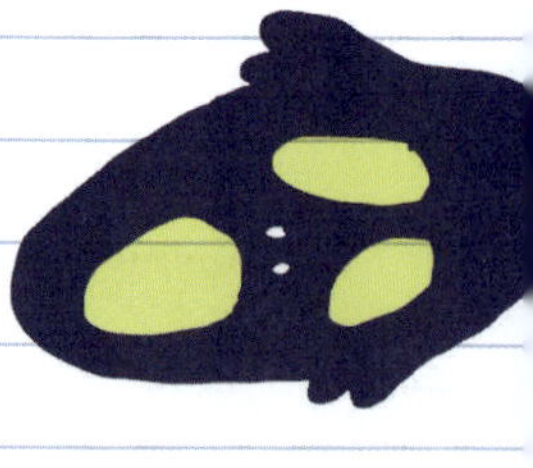

FAIT VÉCU INEXPLIQUÉ n° 2

Il y a une autre histoire à propos d'une jeune femme dans les années 1950 qui dansait avec son petit ami à Londres quand soudain, elle s'est enflammée !
En quelques secondes, elle est morte complètement brûlée. Le livre dit que ça arrive parfois : des gens s'enflamment et meurent.

Ça s'appelle la combustion spontanée !

combustion spontanée
Cela pourrait très bien arriver à un cousin de Mike.

Il y a d'autres histoires à propos de
RÉINCARNATION
RÊVES PRÉMONITOIRES
CERCUEILS QUI BOUGENT
GENS ENTERRÉS VIVANTS
GENS AVEC DES PERSONNALITÉS MULTIPLES
et autres phénomènes effrayants.

Parfois, on joue à Ouija. Sur une planche de Ouija, il y a des lettres, des chiffres et les mots « OUI » et « NON ».
On met nos doigts sur un truc en plastique au milieu de la planche, on pose une question et on attend que le truc commence à bouger. Il paraît que ce sont les esprits et les fantômes qui le font bouger.

Parfois, le truc de plastique répond OUI ou NON, parfois il épelle des mots. On aime poser des questions aux esprits :

QUESTIONS STUPIDES

Quelle couleur de collants vais-je porter le 12 janvier 2045 ?

Est-ce que Jessie va se faire prendre en train de se curer le nez au collège ?

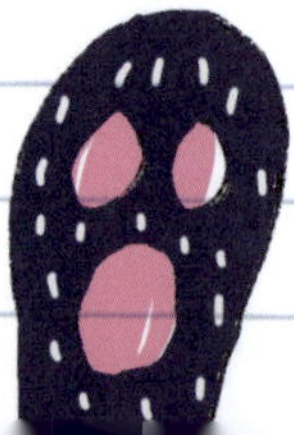

Quand on roule une pelle, est-ce qu'on a l'impression de manger des limaces vivantes ?
Est-ce qu'un jour je me ferai attaquer par des dentiers mutants ?
Épelle « otorhinolaryn-gologiste » s'il te plaît.

Mais maintenant, on a peur que la Sorcière essaie de nous contacter quand on joue à Ouija.

L'autre soir, aussitôt qu'on a posé nos doigts sur le truc de plastique, il s'est envolé et m'a frappée super-fort ; j'en suis presque tombée de ma chaise ! On a tellement crié que le petit frère de Julie, Nick, s'est mis à pleurer. La mère de Julie a pris le jeu de Ouija et l'a rangé tout en haut de la bibliothèque.

Ce ne sont pas les esprits qui font bouger le truc de plastique, c'est vous, inconsciemment.

On était tellement effrayés qu'on a dormi tous les trois dans le même lit ce soir-là. C'était super-drôle !

Ouija

Il y a un gars qui vit près du chalet de Julie. Il s'appelle Steve et habite toute l'année dans une espèce de cabane avec son père. Il y a plein de vieux pneus et de pièces de voitures dans sa cour, alors je pense qu'ils sont pas mal pauvres.

L'été dernier, on est allées se promener avec lui et il nous a montré le VILLAGE FANTÔME. Ce sont quelques cabanes abandonnées au milieu des bois.

Ça fait tellement longtemps qu'elles sont là que des arbres poussent dedans. Elles sont toutes moisies et branlantes, mais il y a encore des meubles dans certaines d'entre elles. Il y en a une qui a même un frigo !

SANTÉ AMIGOS!
YEE-HAW!

On y trouve aussi un ancien bar avec des chaises toutes brisées, des tables, des vieux pichets et des chopes. Ça ressemble aux saloons sinistres dans les films de cow-boys. On aime bien imaginer des squelettes et des zombies en train de boire de la bière et de jouer aux cartes là-bas, la nuit.

Steve a juste 13 ans et il ne devrait pas conduire un quatre-roues, mais il le fait quand même. Son père s'en fout. Steve peut faire pas mal tout ce qu'il veut.

L'autre jour, après l'incident du Ouija, Steve est venu au chalet de Julie. Il nous a proposé de nous faire faire un tour de quatre-roues.

Je ne voulais pas. J'avais peur. J'ai pensé que les parents de Julie paniqueraient s'ils savaient qu'on était montées sur un quatre-roues conduit par un jeune et sans casque en plus !

Julie voulait y aller. Elle m'a dit :

« ESPÈCE DE POULE MOUILLÉE ! »

Je suis partie, pensant que Julie n'oserait pas y aller toute seule avec Steve, mais elle l'a fait. Elle est montée derrière lui et a passé ses bras autour de sa poitrine, comme les filles le font dans les films de motards, et ils sont partis sans même me jeter un dernier regard.

Je suis retournée à l'intérieur du chalet et j'ai fait semblant de lire, mais je ne pouvais pas voir les mots parce que j'avais les larmes aux yeux. Je me sentais comme les personnages dans les dessins animés japonais avec de gros yeux de style manga ridicules pleins de vagues.

Julie et Steve sont revenus deux heures plus tard et ils ne m'ont même pas adressé la parole. Ils ont enfilé leurs maillots de bain et sont partis se baigner à la grosse roche. Je pouvais entendre leurs rires venant du lac. Je me suis sentie comme la plus grosse trouillarde de l'Univers.

Cette nuit-là, on a dormi dans des lits séparés. Julie ne m'avait toujours pas adressé la parole. Elle me trouvait

ENNUYEUSE.

Le jour suivant, on est revenues en ville et on ne s'est pas dit un mot, même dans la voiture.

LIVRE DES
RECORDS
LA FILLE
LA PLUS
ENNUYEUSE
DU MONDE
Même sa meilleure amie
ne peut pas la supporter !

Donc, à mon retour du chalet de Julie, l'été s'étalait devant moi, sans ma meilleure amie.

CHAPITRE QUATRE
COYOTITA
TSS !
LA COYOTE SOLITAIRE

J'aime penser que je suis une fille intelligente, mais quand je suis seule, mon cerveau aime se concentrer sur des activités débiles et inutiles, et je fais des trucs comme :

- Peindre mes ongles d'orteils en vert et dessiner des faces de grenouilles dessus avec du liquide correcteur.
- Organiser des funérailles pour des mouches mortes avec des chants religieux, des discours, des pleurs et un enterrement.
- Créer et enregistrer un rap composé exclusivement de bruits de pet.
- Ou bien me coucher sur le dos et imaginer que la maison est à l'envers et que le plafond est le plancher.

Je ne peux pas m'en empêcher, c'est comme si ma tête était une source inépuisable de projets inutiles.

OKÉÉÉ ! FABRIQUONS
DES DÉCORATIONS DE NOËL
AVEC DES TÊTES DE BARBIE !

Depuis qu'on est revenues du chalet, j'ai eu beaucoup de temps à consacrer à tous les projets inutiles de mon cerveau : Julie m'ignore. Quand je l'appelle, elle est

TOUJOURS OCCUPÉE.

J'ai alors eu une vision de ce que serait mon été : une longue route solitaire avec rien d'autre à faire que de jouer avec mes orteils.

Je ne peux pas, je dois plier tous mes mouchoirs en papier et les ranger pour l'hiver prochain.
Je ne peux pas, je dois classer toutes mes chaussettes par couleur.
Je ne peux pas, je dois lire le bottin téléphonique.
Je ne peux pas, je dois tondre la pelouse avec un coupe-ongles.

Une semaine après notre retour, la chose la plus horrible qui soit est arrivée. Je m'en allais au centre commercial et, en route, j'ai vu Julie sur les marches du dépanneur avec nulle autre qu'Isabelle Lemoine, mangeant des bonbons en

RIANT.

Riant de quoi ? De moi ?

Elles ne m'ont pas vue, quel soulagement, parce que je devais avoir l'air assez pathétique, plantée là, toute seule, la bouche grande ouverte.

En partant, j'ai senti mes joues devenir tellement brûlantes que, pendant un instant, j'ai pensé à la combustion spontanée.
C'est peut-être comme ça que le phénomène se produit.

HUMILIATION
SPONTANÉE

Après, j'ai eu une vision de l'avenir :
Julie et Isabelle deviendraient meilleures amies au collège et j'errerais là-bas, seule, au milieu de deux mille collégiens rejetés.
Ça m'a donné mal au coeur.

mon avenir
personne
rejetée
Change de ville
son seul ami c'est son chat

POURQUOI JE DÉTESTE
ISABELLE LEMOINE

- Elle fume et elle pense que c'est cool.
- Elle dit « tsé » et « genre » tous les deux mots.
- Elle me déteste (bon, soyons honnêtes, c'est la principale raison pour laquelle je la hais.).
- Elle a une horrible voix stridente et haut perchée comme un bruit d'ongles sur un tableau noir.
- Elle rit de ma poitrine inexistante.
- Elle a des lèvres minces et une bouche pointue qui ressemble au bec d'un aigle.
- Elle est championne de patin à roulettes et elle fait du ski alors que moi, je ne suis championne de rien.
- Elle porte beaaaauuuuuucoup trop de mascara.
- Elle aime torturer des bébés koalas (bon, ok, ça je l'ai inventé, mais on ne sait jamais, ça pourrait être vrai.).

IL M'A DiT, TSÉ
STYLE
COMM
GENR
GROS
CAV
TSÉ
GENR
COMME
UE
TSÉ
LÀ
LÀ Y
M'A
DiT
GENRE
STYLE
ENRE
TSÉ
RAPPORT
MADONNA

C'était quoi mon problème ? Pourquoi Julie préférait cette Isabelle sans cervelle et superficielle à MOI ? Qu'est-ce que je devais faire pour être intéressante et cool ? Est-ce que je devais me faire percer le nez ? Commencer à fumer ? M'habiller sexy ? Tous les autres jeunes semblent être naturellement cool ou s'en foutre complètement. Comment font-ils ? Pourquoi je ne suis pas comme eux ?

NOUVEAU
POUPÉE
JESSIE
REBELLE
LOOK BLASÉ
EN PRIME :
PARFUM DE CIGARETTE
TIRE LA CORDE
ET ELLE T'INSULTE

J'ai essayé de m'occuper toute seule.
Je me suis dit que c'était ce que j'avais de mieux à faire puisque j'allais passer ma vie à être

SEULE

ET

incomprise.

J'ai battu mon propre record à Tetris.

J'ai commencé un nouveau journal.

J'ai fait un coyote en argile qui a fini par ressembler à une vache.

J'ai rangé 10 % de ma chambre.

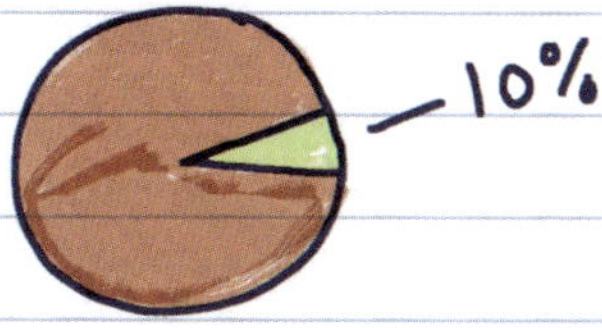

J'ai classé ma collection de gommes...

ma collection de pièces de monnaie...

ma collection de roches...

et ma collection de bouchons.

J'ai joué avec mon chat, Ottawa.

À chaque fois que je lui lance une boule de papier, il :

J'ai aussi joué à Action ou Vérité avec Tanya. Elle m'a fait marcher dans le centre commercial avec du chewing-gum collé sur le front et je lui ai fait enlever ses souliers et repêcher de l'argent dans la fontaine.

J'ai aussi envisagé de jeter toutes les choses qui me rappellent mon amitié avec Julie, comme nos bandes dessinées de Super-Cornichon et nos photos.
NOOON! RAPPELLE-TOI DE TOUS NOS BONS MOMENTS!
SUPER-CORNICHON CONTRE LA

Mais je ne l'ai pas fait. Je suis incapable de jeter des choses. Je veux dire, je me sens réellement mal pour les objets qui se font jeter.

Liste des choses pour lesquelles JE ME SENS MAL:

Comme je le fais souvent quand je m'ennuie, je me suis inventé un nouveau personnage. Je devais remplacer Super-Cornichon. Mon nouvel alter ego s'appelait :

COYOTITA

LA COYOTE

Elle est INDÉPENDANTE !

Elle est MYSTÉRIEUSE !

Elle porte des BOTTES DE COW-BOY !

COYOTITA CONTRE SUPER-CORNICHON

Je commençais à être pas mal enthousiasmée par ce nouveau personnage. Puis mercredi dernier, j'étais assise au Trou en train de lire quand tout à coup,

JULIE EST REVENUE.

e ne sais pas ce qui s'est passé entre elle et sabelle. J'imagine qu'elles se sont disputées.

Ce tournoi d'insultes sonnait un peu trop vrai, nais on a fini par rigoler quand même.

Donc Julie et moi on est plus ou moins revenues à notre programme préféré de vacances d'été, qui consiste, entre autres, à explorer l'hôpital psychiatrique.

+ + +

CHAPITRE CINQ
L'HÔPITAL PSYCHIATRIQUE

L'hôpital psychiatrique est situé au milieu d'un grand parc derrière notre rue. Il y a une clôture, mais on peut facilement passer par-dessus dans ma cour arrière, à côté de la cabane à outils.

On déchire souvent nos vêtements en sautant la clôture. Une fois, la paupière de Mike s'est accrochée dans le fil barbelé. Il ne s'est même pas fait mal !

LES CHOSES QU'ON A TROUVÉES
DANS LE PARC DE L'HÔPITAL

- Un champ de maïs (parfait pour jouer à cache-cache).
- Un potager.
- Une remise avec des outils de jardinage.
- Un étang tout mignon avec des poissons rouges et des canards (parfait pour rêvasser de Ben).
- Des poules (pour de vrai !).
- Une tour qui ressemble à un donjon, mais qui est en fait un vieux réservoir d'eau.
- Un minigolf abandonné qu'on appelle :

Il y a aussi une aire de jeux avec des balançoires et des cordes à grimper et tout, mais à échelle adulte ! On n'a jamais vu de patients les utiliser, et franchement, c'est une chance parce que

L'hôpital est assez vieux. Il a été construit en 1873. Je suppose que c'est pour ça que certaines parties ont l'air d'un château de conte de fées.

J'ai trouvé un livre à propos de l'hôpital à la bibliothèque. Émile Nelligan, un poète québécois célèbre, a passé une bonne partie de sa vie là-bas. Il était vraiment mignon.

Une fois, il y avait une vente-débarras à l'hôpital et ma mère a acheté un vieux piano droit pour 20 dollars. Il était couvert de brûlures de cigarette et de taches de café. J'aime penser qu'Émile Nelligan a peut-être joué de ce piano.

ÉMILE NELLIGAN
TROP MIGNON!

Parfois, je m'imagine qu'on est en 1910, que je suis une infirmière, que je travaille à l'hôpital et que j'aide Émile à s'échapper parce que je me rends compte qu'il n'est pas du tout fou, mais juste différent. Et après, évidemment, il tombe amoureux de moi, on se marie et on écrit de la poésie ensemble.

IMPOSSIBLE D'ÊTRE AUSSI MIGNON ET D'ÊTRE FOU POUR DE VRAI.

Quand on joue dans le parc, on est seuls, la plupart du temps. Parfois, on rencontre un groupe de patients qui se promènent avec un infirmier. Les patients ont toujours l'air fatigué. Ils ont de gros cernes noirs sous les yeux, et leurs dents sont jaunies par la cigarette. Ils ont tous l'air vieux, même les jeunes.

Aucun d'entre eux ne ressemble à Émile Nelligan.

Certains d'entre eux mordent leur poing ou se bercent sans arrêt. D'autres gémissent ou marmonnent ou crient.

QUESTION :

COMMENT EST-CE QU'ON DEVIENT FOU ?

Est-ce que c'est quelque chose
qui s'attrape, comme la grippe ?

Ou peut-être qu'on a des parents fous
et que c'est héréditaire ?

Ou bien on naît comme ça ?

Est-ce que les premiers symptômes
peuvent être de s'inventer des personnages
et de parler à son chat ?

Et encore plus important : pourquoi
les fous portent toujours des entonnoirs
sur leur tête dans les bandes dessinées ?

Les gens fous me font peur. Mais dans le parc, rien ne me fait plus peur que la

CAMIONNETTE

BLEUE.

LA CAMIONNETTE BLEUE

La camionnette bleue est la camionnette des agents de sécurité de l'hôpital. Elle est là pour s'assurer que les patients ne quittent pas le terrain de l'hôpital et que les jeunes comme nous N'ENTRENT PAS sur le terrain de l'hôpital. On n'a jamais vu le conducteur de la camionnette bleue. Chaque fois que la camionnette se pointe, on se sauve comme des antilopes.

Mike nous a raconté qu'un jour, un de ses cousins s'est fait prendre en train de jouer dans le minigolf hanté et que les gardiens l'ont enfermé dans le sous-sol de l'hôpital pour la nuit. On sait que c'est là qu'ils enferment les patients dangereux parce qu'on a vu les pièces capitonnées à travers de minuscules fenêtres sur le côté est de l'hôpital.

Apparemment, le cousin de Mike a été nourri d'araignées mortes et d'eau, et quand les gardiens l'ont relâché, ils lui ont dit que s'ils l'attrapaient une deuxième fois, ils devraient utiliser

L'ÉLECTROTHÉRAPIE !

Donc, l'autre jour, pendant qu'on grimpait au gros pin proche de la remise, la camionnette bleue est apparue derrière la cabane à outils.

Les autres se sont sauvés et ont réussi à sauter la clôture, mais j'étais quelques branches plus haut, alors je n'ai pas eu le temps de descendre.

La camionnette bleue s'est arrêtée sous l'arbre et la porte s'est ouverte. Et comme je dirais si j'étais le personnage d'un livre ridicule :

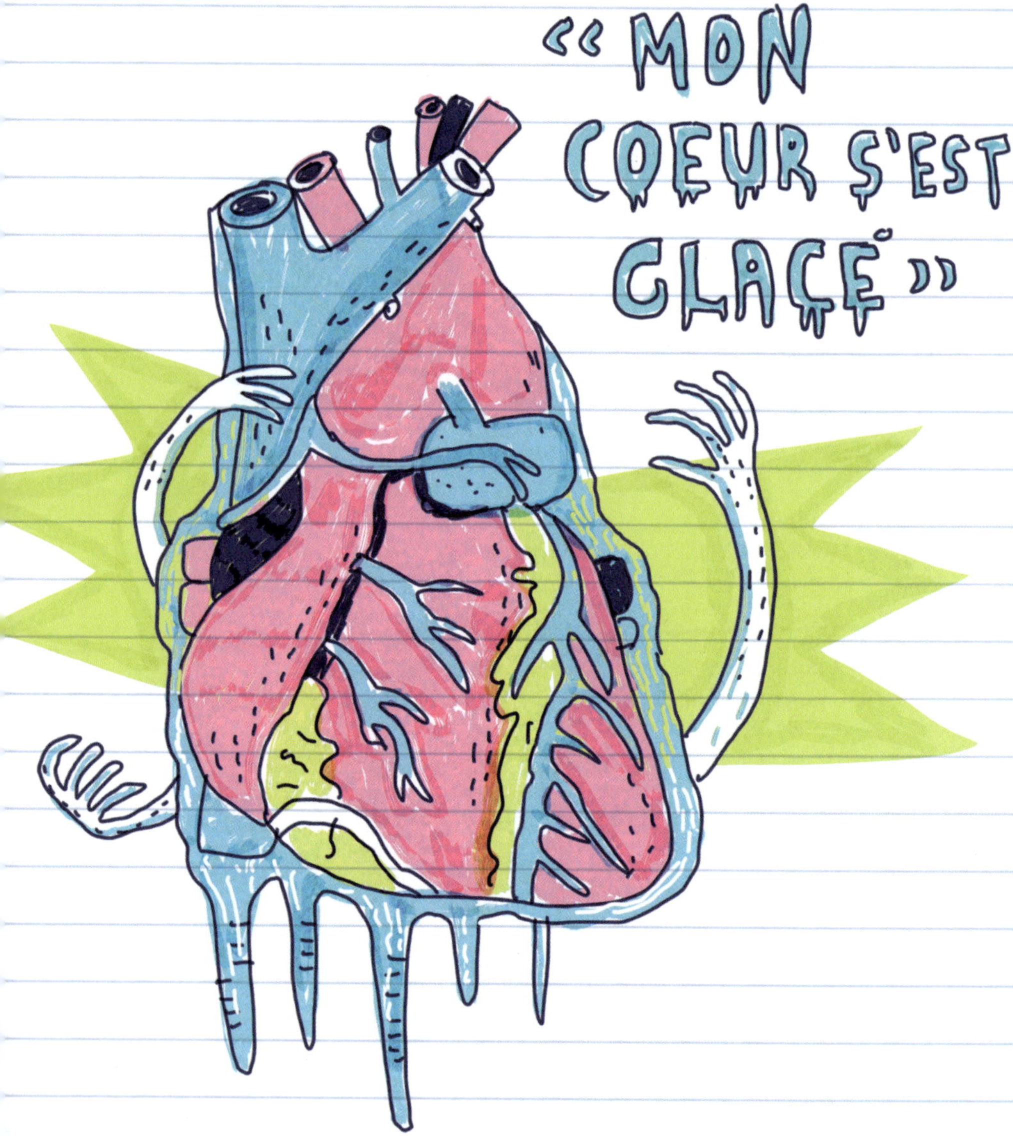

Un homme est sorti. J'ai regardé autour de moi, mais les autres étaient partis.

L'homme a dit :
Tu vois les fils barbelés là-bas ? Pourquoi tu penses qu'ils sont là ? Pour faire joli ?
Qu'est-ce que tu dirais d'un petit tour au bureau de sécurité ?

C'est alors que j'ai entendu la voix de Ben. Il était debout à côté de moi, il m'a touché le coude. Je croyais qu'il s'était sauvé avec les autres.

- On s'en va, monsieur. Allez, on ne reviendra pas, je vous le promets.

- Tiens tiens... un héros. T'es pas le p'tit gars du garage de transmissions ?

Ben n'a pas répondu. Son père est propriétaire d'un garage au bout de notre rue.

- Vous vous êtes jamais posé de questions au sujet de ces affiches d'enfants disparus ? C'étaient probablement des écervelés comme vous, qui jouaient pas loin de personnes dérangées. Maintenant, allez OUSTE ! Partez avant que je vous ramène à vos parents moi-même.

Une fois en sécurité de l'autre côté de la clôture, Ben et moi on s'est assis sur le toit de la cabane à outils dans ma cour. On a mangé des biscuits que je gardais cachés dans un trou sous une tuile mal fixée et on a parlé de ce que l'homme a dit à propos des enfants disparus.

Ben s'est exclamé : « Ce gars-là a vraiment l'air d'un maniaque. C'est sûrement lui qui kidnappe les enfants avec sa camionnette. »

Il blaguait, évidemment, mais ça ne nous a pas empêchés d'être un peu inquiets.

C'était la plus longue conversation que j'ai eue avec Ben de toute ma

VIE.

QUESTION

EST-CE QUE LES MANIAQUES ONT TOUJOURS L'AIR DE MANIAQUES ?

Est-ce qu'un maniaque peut avoir l'air de

ÇA

OU ÇA

OU ÇA ?

Et franchement,
un maniaque mignon, n'est-ce
pas encore plus effrayant qu'un maniaque laid ?

DÉCOUVERTE

DU JOUR :

Avoir peur avec Ben, c'est beaucoup plus drôle que d'avoir peur toute seule.

★ ★ ★

CHAPITRE SIX
Ben

CE QUE J'AIME DE BEN

1. Il ne juge pas les gens.
2. Il sent le cèdre.
3. C'est le meilleur en maths de l'école et le meilleur au foot aussi.
4. Il n'essaie jamais d'être cool.
5. Il n'est jamais méchant.
6. Il siffle tout le temps.

Ben habite à deux coins de rue de chez moi. Sa famille et lui ont emménagé un an après que ma famille s'est installée dans le quartier.

On joue toujours ensemble à la récréation. Il est meilleur que moi au foot, mais moi je suis meilleure à Stratego.

Ses amis détestent quand il joue avec moi au lieu de jouer à la balle aux prisonniers avec eux, mais il s'en fout.

Après l'école, on aime flâner sur la colline à côté du chemin de fer. On peut voir les usines au loin. On dirait Manhattan la nuit, avec toutes les lumières et la fumée. Parfois, on passe des heures là-haut.

CHOSES QUE LES GENS TROUVENT **BELLES** :

- Les poneys
- Les papillons
- Les roses
- Les licornes

CHOSES QUE BEN ET MOI TROUVONS **BELLES** :

- Les mille-pattes
- Les mantes religieuses
- Les coyotes
- Les usines

Je connais ce gars-là depuis toujours, mais dernièrement j'ai commencé à être toute gênée et maladroite quand il est là.

Donc, même si l'histoire de la camionnette bleue m'a fait peur, c'est une bonne chose, en un sens, parce que maintenant je sais que je compte pour Ben.

LE SEUL

ENNUI

C'EST QUE,

JUSTE APRÈS ÇA,

BEN

A DISPARU.

Quatre jours après l'épisode de la camionnette bleue, je n'avais toujours pas revu Ben ! Je suppose que j'ai commencé à vraiment m'inquiéter le soir où je faisais un baby-sitting avec Julie.

Julie et moi, on garde souvent les enfants ensemble. Toutes les deux, on a un faible pour les enfants bizarres.

ENFANTS BIZARRES QU'ON AIME ♥

JASMINE

- A 27 poupées Barbie, mais n'a pas le droit de jouer avec.
- Ne peut pas manger de sucreries parce que sa mère lui fait suivre un régime.
- A un sixième orteil sur son pied gauche.

ÂGE : 6 ANS

LOUIS

- L'enfant le plus mignon DE TOUS.
- Ne dessine que des personnages sans yeux.
- Aime se cacher dans le panier à linge sale.

ÂGE : 3 ANS

FRANCIS

- A une coupe de cheveux de fille.
- Construit des tours en cubes de construction de 1,5 mètre de haut.
- Ne parle jamais.

ÂGE : 8 ANS

DONC.

Ce soir-là, on gardait Francis. Il était déjà couché. On discutait en mangeant des tartines

CE QUE J'ESPÉRAIS QUE JULIE DISE

au fromage et j'ai raconté à Julie que Ben était venu à ma rescousse pendant l'épisode de la camionnette bleue.

CE QU'ELLE A DIT :

Tout à coup, j'ai compris : c'est pour ÇA que je n'avais pas vu Ben depuis des jours. Il était puni à cause de

MOI.

J'étais là à stupidement penser qu'il m'aimait bien, alors qu'il était probablement puni, enfermé dans sa chambre, me maudissant d'être une aussi grande peureuse.

#6 JESSIE !
SEUL JEU PERMIS.
PORRIDGE FROID.

OU pire !

Je me suis souvenue de ce qu'avait dit l'homme de la camionnette à propos des enfants disparus. J'ai eu un frisson dans le dos.
Julie a dit : « Tu dois lui parler pour savoir ce qui est arrivé ! »
Mais je n'avais pas le courage d'appeler chez Ben ; j'avais peur que ce soit son père qui réponde.

J'ai peur des parents de mes amis.

Ok, mais avouez que le monosourcil géant n'aide pas.

On est donc parties en mission, histoire de trouver Ben. J'étais contente que Julie soit avec moi. D'une certaine façon, c'est comme si elle se rattrapait pour m'avoir laissé tomber après la dispute au chalet. En plus, c'était chouette d'avoir une experte en garçons à mes côtés.

On a cherché partout pendant deux jours :

- L'arcade.
- Le parc.
- Le terrain de foot.
- Les marches du dépanneur.
- La ruelle derrière le garage du père de Ben.
- Le cinéma.
- Le Trou.
- Le minigolf hanté.
- La cour arrière de Mike.

UN AUTRE DUO DIVERTISSANT DE
GARDIENNES-DÉTECTIVES !
JE FAIS HOLMES ET TU FAIS WATSON.
PAS QUESTION ! TU FAIS WATSON !

BEN L'INTROUVABLE

Je me sentais tellement coupable. Je n'arrêtais pas de penser : est-ce que je devrais appeler la police ? Mais c'est sûr que si Ben avait disparu, ses parents nous auraient posé des questions.

Ben était sûrement juste puni ou au lit avec une grippe et j'aurais l'air d'une folle si j'alertais les autorités.

Il y avait aussi la possibilité que Ben se soit lassé de moi et qu'il essaie d'éviter mon bavardage incessant. Malheureusement, la police ne pouvait pas protéger les jeunes contre les amis qui les laissaient tomber.

Je n'arrivais pas à me calmer.

Rester calme n'est définitivement pas ma force.
Voici l'état habituel de mes

ORGANES INTERNES :

Et puis, hier matin, j'ai trouvé une enveloppe collée avec du scotch sur mon vélo.

JESSiE

Dans l'enveloppe, il y avait un message.
Il était écrit :

« Eh, Jessie ! Comment ça va ? Je viens de revenir du camp de foot. C'était génial, on ne prenait pas de douche, on se lavait dans le lac ! J'ai vu deux ratons laveurs. Voici un collier que j'ai fait pour toi avec une pièce que j'ai laissée sur la voie ferrée. Le train l'a écrasée. Cool hein ? Ben »

Il était au camp ! Il ne s'était pas fait enlever ! Il n'était pas puni ! Il ne me détestait pas !

IL M'A FAIT UN COLLIER AVEC UNE PIÈCE ÉCRASÉE !

C'est le plus cool, mignon, beau, adorable collier du monde !

J'ai commencé à courir comme une « poule sans tête » pour finalement atterrir chez Julie et je lui ai montré la lettre.

Elle a dit : Cool ! Est-ce que ça veut dire que vous

SORTEZ

ENSEMBLE ?

QUESTION :

COMMENT ON FAIT POUR SAVOIR SI ON SORT AVEC QUELQU'UN ?

Est-ce qu'on est supposé :

Parce que oui, évidemment, j'ai un peu peur d'embrasser avec la langue. Je n'ai pas super-peur, je suis plus... effrayée-dégoûtée.

Et si la personne qu'on embrasse ne s'est pas brossé les dents depuis une semaine ?

Et si elle vient de manger des chips sel et vinaigre et que ça a un goût dégueu ?

LE BISOU
BEUUURK !
AVEC JESSIE ELLIOT DANS LE RÔLE DE LA FILLE QUI CRIE TOUT LE TEMPS
GLUANT DÉGOULI-NANT
ET S'IL A UN GROS
RHUME ?

Quand Julie et moi on a eu fini de rigoler à propos des bisous et de tout ce qui entoure le sujet, on a passé le reste de la matinée à organiser nos sacs et à choisir notre tenue pour la première journée au collège, mardi prochain. On fait ça ensemble chaque année et c'est plutôt amusant.
On aime avoir des sacs à dos assortis et on décore nos trousses avec des dessins de Super-Cornichon.

SEULS LES VRAIS **NERDS** SONT EXCITÉS À L'IDÉE D'ACHETER DES NOUVELLES

FOURNITURES SCOLAIRES.

COMMENT RESTER CALME EN PRÉSENCE DE MARQUEURS NEUFS ?

On a l'habitude de s'habiller un peu pareil. Pas pareil-pareil comme quand on était en primaire, mais avec des éléments assortis. Voici ce qu'on a choisi cette fois-ci.

Remarquez le collier.

PARTIES POUR LA
GLOIRE !
IMAGINE
THE BEATLES
J'AI TOUJOURS RÊVÉ DE PORTER UN KILT !

Cet après-midi, Ben et moi on a pris nos vélos et on est allés s'asseoir sur la colline en face des usines.

L'air sentait comme l'intérieur d'une auto neuve, comme une boîte de petits pois et aussi comme le gazon et la boue de la rivière qui n'est pas très loin. L'odeur parfaite… L'odeur de la fin août.

On ne s'est pas embrassés. On est seulement restés assis là et on a essayé de se souvenir des dix blagues les plus idiotes qu'on ait jamais entendues.

Notre numéro 1

Il y a deux muffins dans un four.
Le premier muffin dit : « Ouf, il fait chaud ici ! » L'autre muffin répond : « Oh mon Dieu ! un muffin qui parle ! »

Avant de repartir, on a collé nos chewing-gums
l'un à côté de l'autre sur le banc et
on a décidé de revenir l'été prochain
pour voir s'ils seraient encore là.

Qu'est-ce qui va m'arriver d'ici là ?
Voici quelques

POSSIBILITÉS :

Mlle Populaire

Poitrine !!!

Bottes de cow-boy

Médaille d'or de la lectrice la plus rapide

Mes oreilles rapetissent par magie !

Célèbre créatrice de bande dessinée

Ou je pourrais simplement rester
la même bonne vieille Jessie Elliot,
ce qui, j'imagine...

NE SERAIT PAS SI MAL...

FiN

MIXTE
Papier | Pour une gestion forestière responsable
FSC® C007507

Achevé d'imprimer en mars 2025 par Graphycems en Espagne
Numéro d'édition : 25L0297 – Dépôt légal : avril 2025

Cet ouvrage est imprimé grâce à des encres à base d'huile végétale, garantissant la démarche de développement durable de l'éditeur et de l'imprimeur.
« Produit composé de matériaux certifiés FSC® et de matériaux contrôlés. »